KB266715

미루나무

미루나무

발행 | 2026년 4월 1일

지은이 | 임승규

발행인 | 신중현
책임편집 | 양성애
책임교정 | 박선아
마케팅 | 신호철

펴낸곳 | 도서출판 학이사
출판등록 | 제25100-2005-28호

　　　대구광역시 달서구 문화회관11안길 22-1(장동)
　　　전화_ (053) 554-3431, 3432　팩시밀리_(053) 554-3433
　　　홈페이지_http://www.학이사.kr
　　　이메일_hes3431@naver.com

ISBN _ 979-11-5854-611-3 03810

미루나무

임승규 시집

學而思 학이사

망상의 새들은 경독을 자신의 둥지로 자주 착각한다.

이 책에는
자신으로부터 벗어나기 위해
미친 듯이 몸부림치는
한 이상한 인간이 있다.

2026년 3월

임승규

/ 차례 /

제2부 폐허의 피

제1부

불안

그 아이

시간의 속도에 놀라는 매일매일,
나는 그 아이를 생각한다.
바로 어제 만난 그 아이를
나는 왜 이리도 그리워하는 것일까?

그리고 이 그리움은 유물처럼
왜 이리도 지쳐있는 것일까?
지독하게 그리워하는 자는
지독한 인생을 살아온 자!

나는 오로지 한 단어 위에
그 지독한 인생을 올리고,
그 한 단어 밑에서
순간순간 눈물을 흘린다.

아! 이토록 작은 인생에
왜 그토록 많은 상상을 심었을까!
그 아이의 원망을 달랠 길 없어,
나의 눈은 하늘로 향한다.

그러나 구름은 저녁을 지으려
뿌리치듯 서둘러 지나간다.
어제 그 아이가 보았던 저 구름은
분명 저렇게 차갑지 않았는데……!

길

이 뿌리치는 거리에서
내 눈길은 갈 데 없고,
외로이 불타는 열의는
우울의 연료를 태운다.

회의의 벽을 밀며
그저 나아가야 할까?
미련의 바위를 끌며
망연히 살아가야 할까?

어느 쪽도 생명의
따뜻한 길은 아니고,
어디로 가든 반드시
후회의 저울이 기다린다.

무덤의 요구

내 몸이 나를 속여
내 행복을 빼앗더니
이젠 내 정신에 물들어
내 몸이 온갖 병에 당하네.

나도 모르게 이 세상에 가져온
내 판이한 짝짝이 날개는
이 삭막한 땅을 벗어난 적이 없는데,
눈물만이 자유로이 날아오르네.

상상은 무수히 나를 죽이고
새로운 나를 무수히 창조했지.
그런데 내가 그토록 증오하는 나를,
무덤은 고스란히 가져오라 하네.

꿈속의 이방인

한때 이 세상에
몹시도 처량한 한 남자가
절규를 숨기고 살았고,
가슴 나팔을 지치게 하는
그 차디찬 절규가
한 남자의 인생을 차지했다.

그는 속속들이 물어뜯는
고독에 까맣게 찌들어,
스스로 깨닫지 못하는 사이에
존재의 무게를 잃어버렸고,
분수도 모르고 자꾸만 설레는
자신의 심금을 저주했다.

고독은 그의 정수리에서
사고의 먼지를 뿜어내며
그를 회한에 질리게 하고,
생을 극도로 사랑하게 만들어,
주인 잃은 잎사귀만 보아도
정신에서 죽음의 새싹이 돋아나

그의 걸음을 멎게 했다.

그리고 '인생의 심장은 사랑' 이라며 뛰는
그의 소박한 심장을 탐내어
'내 생의 목적은 고독을 절감하는 것이다!' 라는
생각에 그의 머리를 누였다.

그는 시선 끝에서 넘실대는
강하고 근면한 삶을 갈망하며,
헤매는 한숨에 눈이 아리고,
뼈가 시린 권태로운 나날을
변명하고 싶어, 자기 자신을
〈꿈속의 이방인〉으로 삼았다.

베개 옆 순수

잠에 빠진 순수의 옆구리에 살며시 귀를 대면
봄의 심장이 내게 전념해서 힘껏 달려온다.
오! 큐피드의 스승! 이 순수는 어찌나 경이로운지
그 발바닥에서 깜찍하기 그지없는 아기가 샘솟는다.

가증스런 성품이 가난한 진실을 경멸할 때,
헌신적인 순수는 그야말로 투명한 사랑의 샘물로,
내 눈에 맺히는 슬픔에 모성의 느낌을 흠뻑 바르고;
내 몸에서 고통이 솟아날 때 안절부절 서성이고;
제 달콤한 냄새로 세상의 모든 꽃을 정성껏 불러온다.

그렇게, 오! 나의 고독 위에 검특히 올라타지 않고,
내 쓰디쓴 인생 핥아 주면서 어느새 늙어버린 순수;
살며시 나를 응시하는 그 맑고 깊은 눈빛에는
신비의 언어로만 표현할 수 있는 마음이 가득하고;
그 눈빛에서 나는 오롯이 느낀다, 일찍이 내가
인간의 가슴에서 맛본 적 없는, 피안의 무한한 사랑을.

외로이

나뭇잎 식히며 햇볕의 부스러기가 떨어지고,
나는 까마득한 여름의 기억을 외로이 되새긴다.
아아! 이 차가운 살갗은 얼마나 오래오래 기다리나,
모두가 철마다 누리는, 기적 같은 여름의 재림을!

내 청춘의 애원이 태양을 향해 치솟았을 때,
내가 받은 답장은 내 눈물 가득한 메아리;
내 무릎은 무너지고 내 이마는 바닥에 추락했다.
그때 내 모가지가 아주 부러졌어야 했다!

바야흐로 망상이 서럽게 무르익는 계절이라,
구더기들은 내 가슴의 구멍을 먹으려 설치거늘;
날렵한 감각을 다듬는 예리한 정신 따위,
물속의 맛을 잃어버린 내게 다 무슨 소용인가!

불안

내 육체에 첫 번째 전율典律이 있나니,
그것은 바로 내 자세한 신경에 새겨진 '불안!'
'불안!' —그것은 내 연약한 생명을 구성하는
극악한 핵심이자 내 존재의 영원한 결함!

'불안' 은 언제 어디서나 나를 열렬히 애무한다.
그 애무에 몸을 떨어 대는 나 자신을 의식하고,
세인의 눈을 의식하여, 달아오른 수치심을
식히려, 나는 으레 내 안의 무덤으로 기어든다.

그 차디찬 무덤의 유해성에 마음을 비비대며,
오 나의 태양, 달콤한 망상의 정액을, 나는 쏜다!
생전의 열등한 몸뚱이를 보충하려고, 정신은
저승의 공허한 미색에 하염없이 침을 흘린다.

여왕의 훌륭한 두 유방에 안긴다면, 그때 비로소
이 광란하는 신경은 희열에 지쳐 잠들지 않을까?
이 수만 번의 생각에 시든 날들이 우수수 떨어지고,
노란 '불안' 에 너무 축나서 나는 이제 줄거리 하나 없다.

제2부

폐허의 피

피의 오열

이 얼마 만인가? 내 피가 살아 흘렀고,
내 발바닥이 대지의 무게를 사랑했고,
사계절이 발가벗고 내 감각을 감쌌던 이곳!
아! 땅속을 세게 끌어안는 만물을 애무하는
살갗의 땀내와 같은 이 훈향, 긴가민가! 조심조심!
마치 딴청에 떠밀리는 시늉하듯, 사방에서 몰려온다;
내 유년의 간직을 풋풋한 콧김으로 판단하기 위함일까?

아! 그래, 이것이다, 현실의 자극이란!
어두운 창공을 헤매는 존재는 살기 위해 느끼고,
처절히 죽기 위해 생각한다. 겉멋 내지 않은
인형들 머리에 아폴론이 쏟아부은 것,
그것은 손끝에서 반짝이는 저주의 반응!

천진한 광란의 부재 위에, 무성하게 웃자란 갖가지
과거들이 내 허벅지에 매달리니, 내 가슴속에서, 쓰린
메아리가, 모공의 시위를 통해, 온몸에 돋은 화살처럼
뻗어 나가고; 두 무릎은 흙에 안기어 용서를 구하고,
내 가려운 울분 터뜨릴 이유를 희생시킨다.

이제 여기서, 하나의 방이 되새긴다,
네 개의 방에서 만들어진 향기로운 함정들!
그러나 그것들, 지금은 정중한 평토 밑에 잠들었다.
오! 모든 것을 가차없이 삭이는 방이다,
바람처럼 숨어서, 모든 것을 밀어붙이는 것은.

물줄기에 제방 쌓기, 무너뜨리기 경쟁,
가재 잡기, 햇빛의 오랜 속삭임에 대한 순응을
균분해 사라뜨리는 귀여운 구멍들이,
수많은 종이 위에 뿌려진 빛과 열의 혈흔에
파열된 나를, 이곳 다정한 햇살로 핥아준다!

보라, 저 작은 나비의 날갯짓에 몰아가 출렁인다;
저 날갯짓에 순결한 공간이 스며들어 펼쳐진다!
아! 옷을 더럽힌 흙, 풀물, 남루, 꾸지람 따위의
달콤한 독주에 취한 가련한 만신창이 단골이여,
보이는가, 너를 그리도 불러냈던 반항의 미소가?
그런데, 아아! 내 정신을 깊숙이 찌르는, 온갖 마음이여!

나는 한참을 내려다본다, 석상 위의 두꺼운 무게를,

묶은 줄을 푼 자의 무기력을; 그리고 공정한 집에 살면서,
항구적 우수의 작은 채광창, 특유의 초석을 반들거리며,
내 마음을 "가까이!"로 빙빙 두르는, 그들의 아무개를.
아! 차갑다, 내 허한 심장! 그 위에 매달려 있는,
고드름의 흔들림은 현기증을 깎은 듯이 뽀족하다!

그런데, 왜? 왜? 술래의 그림자도 없는 이곳에서,
내 근성의 공허한 피로여, 왜 드러눕지 못하는가?
이 탐스럽고 영롱한 거품에 보냈던 내 기나긴 청혼,
그 앞에 나타난 이 뜻밖의 제지, 안에서 끓는
순수한 과잉인가, 주변에서 엿보는 격조의 의혹인가?

오 시상이여, 사라진 거인이여, 제발 돌아오라!
내 눈에, 내 귀에, 내 살갗에, 너의 매력을 풀어,
고개 돌린 꿈에 상한, 작은 쭉정이를 팽팽히 부풀려
사색을 자아내던, 네 감각의 부채를 다시 열어라!
그리하여 나를, 나의 구덩이를, 죽도록 흔들어라!

내 유랑 사막에서, 너는 나의 유혹을 정화하는
대조적 정화; 너의 날개를 흔들어 나의 어지럼을

다잡고, 차가운 몽상이 태양을 강탈할 때,
네 가지의 창끝에 덧발라 내게 던졌다,
그 꼭대기 빗살! 그러나 아아! 이제 나의 눈은
잿물로 변하고, 나의 귀는 상상을 잃었다!

잔물살을 협박하고, 그러면서 이끼의 집을 청소하고,
갯가의 누런 고름을 꾹꾹 쥐어짜고,
그러나 결국, 그물에 가득 잡힌 반나절의
코웃음은 경쾌한 심장이 익힌 새빨간 진미!
아가미를 날쌔게 넘나드는 자유의 숨결들은 그렇게,
애착의 지느러미로 후련하게 꿰뚫었다, 역청 같은
한숨이 들끓고 솟아나는, 심술궂은 무상의 심연을.

떨떠름한 신맛, 혀끝을 파고드는 파탄, 조율되는 위장;
내 머릿속에 우거지는 복구, 이 초록빛 공상 밑에서,
내 눈까풀은 젖은 꽃을 꺾는다, 수백 살 먹은 아이들 매달
림에,
제 값진 땀방울을 흘리던 그 은정恩政의 장사를 위해!
그리고 나는 부동 상태로 기다리고 기다린다! 무엇을?
설마 초록빛 공상의 그 오랜 기다림을? 또는 곰팡이들의

거무충충한 수의 걸친, 딱딱한 방석의 반가움을?

개울이 나직이 노 젓는 소리, 밤의 애무에 한껏 부풀어
별과 달의 가장 포근한 불빛을 불안한 발걸음 앞에
끌어당기면, 각각의 분리로 시간은 열띤 주름을 펴고;
인간의 용맹한 수호신, 위대한 종족, 헌신적인 벗님,
제 천부적 재능에 이끌려 네 개의 햇불을 치켜든다.

그런데 어느 날, 죽었다! 죽었다! 아! 그것은 불의의 선고!
그것은 비고의적 타살! 그것은 과녁의 명백한 실수!
가장 열렬히 흔드는 신뢰를 엄습한 가장 고통스런 아파테;
몸속을 불태우는 화형의 참극……, 온 골목의 전력 질주,
그리고 그 필연의 쌍둥이가 동시에 달려들어,
끄려고 하면 할수록 불은 더욱더 세차게 타올라;
결국 최후의 불길은 한 모금에 닿지도 못한 채,
그 고독한 넋은 익숙히 들이마셨다, 유실의 부름을!

모든 순박한 소유는 시간을 빨아 대며 말라빠진다.
양면의 눈에서, 근면한 시간이 조롱한다. 그러나,
영원한 메아리를 듣는 인간, 표정 없는 손아귀에

다시금 머리털 틀어잡혀, 신비에 찬 그 깊이와 무게를
정복자의 저울로 잰다, 제 덧널 가슴 위에 올려.

나는, 아! 작아지고 싶어라, 내 열망의 시야가 속하는
이곳을, 그때 그대로 채워, 다시금 커지게 할 수만 있다면!
마법의 구슬이여, 저쪽으로 돌아라! 그리고, 오 나의 누드!
그 이상 내가 바라는 것은 없다, 단지 나를 창조한
물풍선 속의, 미세한 신경 교정뿐! 아아! 허상이여, 히드라여,
외줄로 모든 전율을 자아내는, 송장잡기 술래여!
— 온갖 지옥, 내가, 내가 다 써버린 그것,
왜, 왜 여기서 폐허의 피를 짜나!

제3부

미루나무

나에게서 신과 영혼을 찾지 말라.
나에게는 오직 불굴의 상처투성이 정신과
자기애의 반항적 의지만 존재한다.

신기루 동화

우연의 희롱인가, 필연의 함정인가?

일어나라! 일어나라! 일어나라!
뜬금없이, 새벽부터 웃기고 자빠진 놈아,
일어나서, 대지를 갈팡질팡 낙인으로 지져라;
일어나서, 진부한 헛소동에 휘말려, 오래오래 스러지라!

오! 마비된 양다리는 떨리는 양손으로 부활했다!

내 다리를 업어주던 등은 갑자기 날아갔다.
내 간청은 저수지 가에 추락했다.

수평선 끝없이 밀어내며 현실의 머리채 틀어잡는 끈질긴
파동,
그 위에서, 잔인에 맛들인 발길에 꾹꾹 밟히듯,
움푹움푹 팬 파선을 그리는 내 마음의 새빨간 오선!
그 위에 다양한 고통의 숱한 방울이 줄줄이 점철하여;
개성이 유별난 너울의 창조자, 5번 교향곡이,
성찬을 위한 수많은 반대를 사정없는 채찍으로 몰고 오듯,
내 신경을 따라 온몸에 차갑게 울려 퍼지고;

내 고집 충만한 머리통은 잠시 괴고 누울 불빛을 찾아 허덕
인다,
    도도한 유행에 뭇매 맞고 기슭으로 밀려난 긴팔처럼.

    오, 나의 아버지, 나의 형제, 나티상의 연상이여!
    나는 태어날 때부터, 그대들의 수틀리는, 모자람의 반쪽
종자;
    두 다리에 딸린 무거운 입들을 끌고 다니는, 달콤한 고물상에
    거저 주려니, 계륵 같고; 아무튼, 첫째 예외를 제외하고,
    의무 마침표의 선례에 예약한, 원망에 찬 머리 빼닮은 부스
러기!
    — 워낙 기죽은 어린 마음, 어디를 가든 따라다니는 내 얼굴
처럼,
    누구의 눈에 비치든 간에, 그의 첫눈에 동그라미를 치는,
    우군에 연패한, 소년 패잔병 꼬락서니 그 자체일세!
    그러니 내 가슴속 말들, 마른 목구멍에 끼여서 죽기 일쑤.
    그 때문에, 내 목에 도드라진 그것은 사산아들의 벌집 무덤.
    아아! 나의 미래여, 툭하면 나를 쥐어짜는 날벼락,
    더구나, 시간을 앞지르는 선견자의 권력에 정신이 흐려져,
    아이의 몸뚱이에 어른의 누더기를 입히는, 내 곳곳을 지져

오그리는

저 모모스의 입에서 과연 벗어날 수 있을까, 너는 그리고
나는?

오로지 하늘의 모나지 않은 눈빛에서만 온기를 얻는,

나의 이 정처 없이 떠도는 뒤엉킨 마음, 전가와 정당화를
벌하는,

자책의 몽둥이로 때려눕힐 수만 있다면 정말 간단한 문제!

그러나 그것! 젠장 그것! 바로 그것이 문제! 아 어쩌랴!

내게는 아직—어쩌면 이미—수정할 힘이 없다, 내 주변의,

떳떳한 공모가 지배하는 세계를. 단지 지금의 나는,

내 무른 나날의 속살을 스스로 할퀴어 갈아,

소심한 반항의 고랑에, 내 갓 짜낸 핏물을 댈 뿐.

그런 나의 결점마다 노골적인 물음을 쏘아 대는,

결판난 종신형처럼 가라앉아, 10억 년 묵은 듯한 시름투성
이가,

내 덜 자란 세상 주머니를 뒤져서 꺼낸 것은, 아!
온갖 종류의 지렁이와 곰팡이가 파먹고 있는 지팡이처럼,
벌써 누레진 권태!

오, 내 생득의 눈물이여, 나는 그만 멈추고 싶다.

내 운명을 거부하는, 내 주체할 수 없는 정신의 집착을.
바다를 통째로 삼킨 해파리처럼, 그지없이 무거운
내 비애는, 험산의 합죽이 짐꾼들이 제 주름진 눈알을
잣나무 코처럼 늘려서 올려보는, 나의 노동고!

— 아는가, 스스로 열성劣性을 입에 올리는 비통함을?
최초의 슬기로운 사람이 주는 보상, 생욕의 험상은
저편이 가졌다. 잠자기 전, 지린내 고인 돌담 아래
내 얼룩의 찌꺼기가 떨어질 때면, 달은 내 응시를 통해
물로 변하기 전까지, 내 덩이진 아쉬움을 펌프처럼 끌어올
린다.
나는 모르겠다, 내가 수동적 반골인지, 능동적 바보인지.
퍽 좋은 안광 있어도, 지친 진자처럼 여들없어, 제 자신의
점액의 분비를 막은 채, 툭하면 현상을 하염없이 응시하니,
나는 냉담한 맥락의 식욕을 끌어당기는 별미로 적격.
아! 머릿속에 샛노란 회오리가 인다! 이 소태맛 비하 — 바
라노니,
내세에는 부디 단 하룻밤의 꿈으로, 모험을 즐기는 여행자가
새끼손가락 끝으로 살짝 찍어 맛보는, 그런 연민으로 태어
나길!

……그래도 나는 아직 존재하는가?

안개의 집! ― 나는 나를 노시하지 않는 존재,
사려 깊고 너그러운 풍경에 안겨 단꿈을 꾼다.
나는 나의 자존심, 단독의 나를 힘껏 고무한다,
나를 속이고, 내 골통을 후비는 내 집념의 거울,
자각의 형벌을 지우는, 내 온갖 결손에 경직된 채,
격노로 이루어진 끝없는 자조로 끝없이 결손을 메우며!

아버지, 오 아버지,
나는 차라리 사막의 아들이 되고 싶어요;
메마른 황파에 요동치는 심장으로
아침과 저녁 사이를 단순하게 장식하고,
순결을 우려내는 그늘에서,
불꽃이 침투한 몸뚱이를 느긋하게 흠뻑 적시며,
한 잔의 염소젖으로 내 몸속에 오아시스를 생성하고,
돌질로 불순종한 염소 떼를 구집하는
게으른 자유를 경중하며,
이따금 불쑥 내닫는 자기애의
속된 욕구의 발작에 폐를 토할 뿐,

그 어떤, 그 누구의 강압에도 기죽거나 시달리지 않아요!

아! 귀여운 입속에 짜릿하게 도둑맞는 포도의 재미!
내 쌍둥이 돛단배를 지긋이 바라보며 교태로운 몸짓을 하
는 보리밭!
벼랑길을 타는 수숫대의 키잡이는 흡사 어린 줄광대!
요긴한 인상을 선사하는 평균대를 사뿐사뿐 걷는 다릿돌!
작은 발들이 무수히 오가며 계절을 날라 껍질의 속을 다진
논둑길!
앞서간 놈, 질긴 두 푸새를 묶어 감쪽같이 숨겨 놓고,
가던 길을 흥겹게 간다, 제 이마의 섬광등을 연달아 켜면서.
오 즐거워라, 나의 약점을 걸핏하면 고발하는 것에 대한 역
심인 듯,
그의 입김을 저울에 달아 대는, 나의 두통을 때릴 뿐인
거푸집에서의 탈출은! 매우 구불구불하고 매우 오르내리는
야성처럼, 하굣길은 나의 마른 잎을 되살려 펄럭펄럭 날게
하는
자양의 놀이동산! 그런데 아! 양쪽 젖무덤 번갈아 흔들며 흥
정하는,
내 불안한 저울의 눈에, 벌써 선연하게 넘쳐 밀려온다.

아이들의 바지에 물방울 흠뻑 뿌리는 장난을 즐기고,
긴 침묵에 묶이면 사뭇 성내고 곡읍하는 꼬마가 되는 너;
결국 유일신의 무관심에 지워지는 너의 보물, 아이들의 발자국은
네 푸른 눈물과 네 갈색 눈물의 무성함 밑에서,
짧은 놀이 끝나고, 도로 끌려가는, 너의 그 애심에 사무치리.
— 그러면, 그때든 언제든 오거라, 보헤미안의 오솔길이여,
와서, 나의 가슴에 와서, 생생한 길을 영원히 내거라!

볏 떨어진 생고기, 불볕에 바짝 익어 지독한 탄내를
풀풀 풍기건만, 이미 몸소 두 세대를 낳은 황혼의 수탉은,
제 그림자 지식에 의지한 채, 제 안쪽 미인에 기웃댄다,
몇 푼의 돈과, 자전거로 왕래한 거리와 수고가 아까워.
더구나 내적 갈등을 제 맨정신 삼아 걷어차 버리는 술기운이,
가뜩이나 세월에 밑진 두 콧구멍을 땀구멍만큼 줄이니,
아아! 이 고집통의 목구멍은 소문 먹는 귓구멍처럼 열리고 말았네,
푹푹 삶아도 도대체 빠지지 않은, 그지없이 고약한 탄내에.
그날 밤중에, 닫힌 눈까풀 아래로 숨어든 목마가,
방심한 수탉의 노약한 위장을 우거우걱 씹어대니,

그 끔찍한 통증에 눈뜬, 수탉의 목구멍에서 기어 나오는
창백한 신음, 그리고 그 신음에 매달려 가까스로 빠져나온
가냘픈 말소리!   "……소화제! 소화제!"
……그러나, 아이의 다리로 급하게 십오 리를 걸어온,
그 소화제는 척박한 죽음길이 주는 마지막 목축임!

이윽고, 내 속잠 곁에서, 한때 새벽을 우렁차게 호령하던
전령은 날개 달린 벗을 가진 일개 심부름꾼에 잡혀갔다.
그러나 눈물, 내 눈물은 어쩐지 움직이지 않았다.
불의의 충격에 얼빠진 탓? 아니면 눈물의 부력이
너무 약해, 아직은 현실의 중력을 이기지 못하는 탓?
그 불타는 속도에 맞추려는 듯이, 하나의 짐짝을 멘
열 개의 향이 느릿느릿 걸어가고, 그 향들을 따라가는 연기는
송별이 아쉬운 듯이 축축한 허공에서 머뭇머뭇 흐늘거린다.
무중력을 메고 가는 향들의 발걸음이 저리도 무겁다니……!
그에 비하면, 나의 이 멍한 눈, 나의 이 밋밋한 마음,
나의 이 무표정은 흡사 눈물 펑펑 쏟는 배우들 구경하는 관
객!
워낙 시늉을 모르는 나는, 현실에 비현실적인 미안을 느낀다.
어쩌면 나는, 가슴속을 샅샅이 헤집어, 분위기에 걸맞은,

쇠구슬 같은 눈물을 한 그릇 남짓 발라냈을지도 모른다,
그 이별 뒤에 도사린 일련의 사나운 인과 관계를 미리 알고,
그리고, 겨우, 남은 1년 반을, 여생 내내 그렇게까지,
아아! 나날이 더욱 연모하게 될 줄을 미리 알았더라면!

이별의 꼬리를 다른 이별이 물었다.
내 정신이 아직 멍한 상태일 때.

안녕! 안녕! 조그만 계곡이여! 정겨운 계곡이여!
천연의 길도 웅덩이도 없는, 티끌세상을 떠나와,
자연의 인중에 발가벗고 드러누워, 안락한 졸음의
포도주에 혀를 젓는 에이레네, 아, 안녕! 너는
외로운 나를 동지적 순정으로 정성스레 포용해 주었고;
너의 간정한 혈액, 그 혈액의 환하게 반짝이는 이야기로,
그리고 아이의 가슴을 뾰족하게 깎는 과찬을 궁상맞게 만
드는,
각양각색의 청량한 손가락들로 내 여린 귀청을
한껏 가꾸어, 소박한 승리의 위대한 불길을,
내 불타지 않는 스케치북에 가득히 묘사해 주었지.
— 그런데, 그랬던 네가, 만약 훗날에, 큰 갈증에 지쳐서,

네 메마른 혀를 호미로 쓰는 가여운 신세가 된다면,
나는 너를 위하여, 세상의 샘을 스무 개씩 뽑아 와서,
열 개는 너의 이마 위에 물막을 치는 데 쓰고,
열 개는 그 어여쁜 입술 사이에 가지런히 심으리.

    아, 자꾸만 생각이 솟아난다, 배기는 등짝에서.
    그러나 내 마음의 끝없는 반항아,
    결론의 마침표는 갈등 속에서 번번이 헛돌고 헛돈다.

오, 유연油然한 바위여, 잘 있어라! 너는 제단! 나는 제물!
그러나 너는, 내 육체에서 심장을 덜어 내는 대신,
그리고 내 순수한 피를 마시는 대신, 요리조리 달아나는
허상의 요염을 더듬대는 내게, 저쪽의 구실을 양산하는,
더구나 위쪽의 원인이 덧붙어, 차별이 빗발치는 내게,
정신의 신비한 빛을 빨아들이는, 동시에 쓰라린 가슴을 요
구하는,
아주 난해하고도 흥미로운 원리를, 얼핏얼핏 보여주었지.
            오 현명한 스승! 오 고마운 판타소스!
나로 하여금 미움을 동냥시키는, 사팔눈의 냉엄한
위력의 매질을 피해 도망친, 얼부푼 눈물로 냉각된

나의 전심을 따뜻한 침묵의 품으로 보듬어 녹여준 안식처여!
우리 서로 어깨를 맞대고 나란히 누워, 구름의 보속에서
인생의 상대적 설움을 감각하고, 눈꺼풀을 감아올린
생생한 천공에, 굽이치는 관념의 낭적을 찍으며;
그 대중없는 기한부에 미래상의 가면과 기타의 갖가지
가면을 씌우고, 변온 동물과 양지 식물인 양, ― 화상도 입지 않고
파란 지붕을 관통하여 ― 한각된 듯이 쏟아지는
우주의 비밀스런 채난으로 정신의 끼니를 때웠지;
그리고 불운과 비운에 대해, 이름 모를 신병이 암시한,
여태껏 그 뒤에서 빠른 시간 말고 나온 것이 없는 암막에 대해,
인간의 마음을 거만하게 만드는 가짜 신하와
겸허하게 만드는 반딧불 숲에 대해 얘기했지.
― 그리고 그때, 오 아카사니! 나는 비로소 처음 듣게 되었지,
태양이 끊임없이 뿌리고 있는 준엄한 지고의 당부!
"달콤한 술에 취하지 말라! 네 심장 소리만 믿어라!"

앳된 봄날에, 어떤 새싹을 뜯어 껌처럼 씹던 세 명의 〈숙〉아,
나는 떠난다,
작별도 모르는 배은망덕한 나의 철없음을 뒤따라서.

거의 날마다 나를 괴롭히는 퍼즐 때문에,
누구보다 태만한 나는 뻔뻔스레 빈손을 벌리고,
너희는 때때로 깜찍하게 인상을 찌푸리곤 했지만,
들꽃의 진수에서 배어 나오는 제 다정의 꼬임에 결국 넘어가서,
애써 맞춘 퍼즐을 번번이 대가 없이 빌려주었지.
아! 그래, 우리, 어떤 희망에도 쫓기지 않는 대지의 정신들,
인디언 아이들을 닮아, 자연의 오식五識을 찬섬한 웃음으로 향유했지.

오! 구릿빛 살갖에, 태양이 이글이글 반죽한 그을음을 바르는 여름,
그 과열을 깊이 적시는 흐름은 정녕 시원하기 그지없었네!
개개의 열망이 아치의 단조로 공기를 후려쳐 대며
제 무덤을 갈급하게 부르고, 굴대의 풀무질에 땀구멍이 달아올라
땀이 펄펄 끓어오를 때면, 깊이를 더욱 오목하게 구부려
은덕을 베푸는 시냇물은, 폭죽이 터지듯 왁자하게 출렁거렸고;
그 시냇물 아래 청결한 바닥에, 우리가 저도 모르게

하나씩 떨어뜨린, 거의 비슷하고도 저마다 다른 모양의
마음의 조각들은, 영락없이 숨은 그림이 되었지;
또한, 그 푸르싱싱한 물속에 생명의 종적을 남기는,
털옷을 벗어던진 송사리들의 그 빛나는 은비늘 유희를,
우리는 각자, 이따금 잠시 무념에 잠겨, 제 속옷에
흔적 없이 싸는 오줌처럼, 몸을 보르르 떨며 민물에 풀어,
인간고에 멍들며 점점 환희의 고래로 자라는,
향수의 미소가 든 갑이 떠다니는 대양으로 흘려보냈지.
그리고 우리, 데우는 암석에 나란히 걸터앉아 있을 때면,
어느 틈에, 어깻죽지 주변에 누룽지처럼 눌어붙은,
심술기의 허연 증거를 서로서로 조심스레 떼어주기도 하고;
엿물 조리는 주걱처럼, 무성하고 팔팔한 열기를 젓다가 지
쳐서,
어기대듯 내려앉은, 우연히 동석한 잠자리를 솜씨 있게 잡아,
세 개의 날개로 만드는 비상飛上을, 밤하늘의 집배원을 기다
리듯,
천진스레 보고 싶어했지. 오! 넘치는 부재에서 솟아나는
눈물을 녹이는 고결한 물이여, 부디부디 지금처럼 면면히
흐르고 흘러라, 먼 훗날 내가, 세 번째, 그러나 내 기억에 남
아있는,

첫 번째 비린내에 이끌려 너를 다시 얼싸안을 수 있도록.

  아, 촌뜨기의 거룩한 자비심自卑心이
  우리에게 얼마나 인간적인 평등심을 주었나!

  아, 피장파장의 동류여, 우리에게 이상한 날개를 주는 변
태는,
  특히 나의 반사 망원경은 필시, 뺨을 괴고 애틋이 바라보
겠지,
  눈에서 사라진 모든 생동하는 것, 그리고 때마다 시시각각,
못다 한 갖가지 즐거운 이야기를, 가슴을 곱씹어 서축하는
  바다의 거대한 날갯짓처럼 해묵은, 내 신기루 동화책에서.

갓 태어난 새로운 인생, 장군이 벌써 이별을 재촉한다.
병사는 충성심을 곧추세우고 장군의 철언을 기다린다.
  ─ 자, 어서 가자 병사여,
  근육이 욕망의 뒷그림자가 되기 전에;
  시간은 펄럭이는 모든 깃털이다;
  게다가, 기억이 한 걸음 갈 때
  시간은 두 걸음 간다!

― 호기심, 그리움, 서러움 따위를 버무린
태양의 유혈이 노상 게걸음으로 가던 그곳,
무언의 산소리로 나를 부르면서 경고하는,
유독 기묘한 장송이, 정복을 기념하듯, 자부심의
깃발처럼 위세를 풍기고 있는, 콧대를 우뚝 세워
내 알몸의 운명을 시험하려는, 저기 저 산꼭대기 너머에,
나는 거름 삼태기처럼 흩뿌린다, 불안한 감정 속에
숨겨둔, 다양한 모양, 크기, 빛깔, 무게의 상상을.
― 그러나 그 모든 상상이 결국 복수하는 원수가 되어 내
인생을 도륙했다!

　　　제발 겁내지 마라,
　　　제발 울지 마라,
　　　제발 동요하지 마라,
미풍보다, 솜털보다 가벼운 나의 양손이여!
제기랄! 에라, 이 한심한 군더더기야,
그리 맨날 나를 욕보일 바에야, 차라리 죽어버려!

아! 돼지의 죽, 오물을 길들이는 우리에 갇혔다!
파리떼가 낄낄대며 색다른 신참을 집적거린다.

이러다 내 입에 마녀의 계략, 〈꿀꿀〉이 배면 어쩌지!
형제, 내 귀 하나를 잘라버린 그 냉혹한 칼!

밤을 짜는 처녀들

이 야심한 별바다 아래, 또는 위에서, 어떤 처녀들이
일제히 흐느끼고 있는가, 물기 없는 먹물 속에서
가지각색 수막을 덮고 피로를 지우는, 이 안식의 시간에?
그 흐느낌 소리 참 이상하기도 하다, 철커덕철커덕…….
기껏해야 와자지껄한 기계음에 불과한 그 낱낱의 울음 —
그러나 어느덧 알아차린다, 상념을 식혀주는
고막의 기슭에 앉아서 차분히 귀의 말을 듣는 사람은,
그 지극히 단조로운 소음이, 새장 밖을 향하여,
밤새도록 어둠에 고른 무늬를 아로새기는,
새들의 묘음으로 변한다는 것을, 그리고 그 묘음이,
마치 제 존재를 알리려 부단히 애쓰는, 몽상의 꼬리를
붙잡아 한 조각 퍼즐로 만들려는 올빼미의 눈물,
음향으로만 볼 수 있는 그 어둠 속의 눈물처럼, 맑디맑게,
잠의 갈증을 적시기 위해서 자꾸자꾸 밀려온다는 것을.

우리의 상상력은 이내 지친다, 빈틈없이 새하얀
북통배를 보는 순간, 그 북통배가 느릿느릿 토사하는
날실의 맹목적인 길거를 보는 순간! 흡사 군율에 박힌
군인들처럼, 베틀의 대형은 매일매일 맹세한다.
그 확고부동한 맹세는 엄격한 규율처럼 우리를 볶아친다.

아아, 각각의 대형 앞에서 어떤 굉장한 미녀가 오락가락하
는가?
대형과 대형 사이를 오가는 싱그러운 처녀의 몸내음을
맡으려 왕성한 코를 앞다투어 쿵쿵대는 것인가?
또는 모가지 아래의 규율과 머리의 규율이 서로 다른 것인
가?
— 풍만한 몸이 빠르게 축나서, 얄팍한 하얀 손으로 간신히,
나뭇결 가진 제 몸체의 멋없는 가슴만 가리고 있는 꾸리,
"자, 빨리 쉬세요, 직부가 오기 전에!" 하고 다급히 속삭인다.
그러나 그것도 잠깐, 망령의 달음질에 사로잡힌 바디집은
또다시 거푸거푸 뒤젖힌다, 창백한 한 가닥 씨실을
팽팽하게 뽑아내는, 그물 잣는 거미처럼, 밤을 잣는
조각배가 후딱후딱 통과하도록. 그렇게, 미친
말쟁이처럼 주둥이 벌리는 날실을 연신 꿰매면서,
조각배는 새하얀 피륙의 험난한 바다를 서서히 펼친다.
어둠의 수평선 밑에 해를 감추고 있는 뻔뻔스런 해월은,
잠자는 밤바다 깨우는 우리들 애달픈 애내에 깊이 파묻힌다.
— 향제의 잠실에서 키우던 누에들의 수고, 그 수고에
도리어 사로잡힌 우리, 맙소사, 우리가 그 누에들이었다니!

숙명이 뜨거운 쇠붙이들과 노역이 달군 육체들이
토한 열기, 허파는 들이마신다, 살덩이는 먹는다,
땀구멍은 뱉는다; — 아! 줄줄 흘러내린다, 우리네
녹은 살점, 변형된 탄식! 우리의 지금은 불쾌하다!
우리의 밤은 너무 밝게 탄다! 저 망할, 혹사의
감시병들! 태양의 광신자들! 그 매서운 주시에
억눌린 채, 똑같은 노역에 그악스레 들러붙어,
나태하고 검질긴 시간을, 마음과 마음 잇대어
빙 둘러싸고, 번갈아 밀치락대며 다그치는,
오 중산계 속의 처녀들; — 냉정하게 붉은 줄을 그은
가난에 의해 버림받고; 제 자신의 마음 한구석에서
고통에 대한 판단을 보류하라 부추기는, 막연한
앙양에 아직은 차마 미련을 버리지 못한 채 — 그
각운이 든 이마, 그 정원이 든 관자놀이, 그 향불이 든 뺨,
그 백단유 바른 목덜미, 그 꿀 나는 겨드랑이, 그
정열 광시곡이 가득한 젖가슴, 그 짐지게를 진 등판이,
출렁이듯 철철 젖었네; 큰 물고기들 펄떡펄떡 뛰어오르니,
그녀들 인내의 양분이 솟아나는 거기에, 이욕과
그 유용한 자식들, 그리고 이런저런 인연의 갈퀴로
긁어모은, 무게식의 머릿수로 그 계급을 따낸 감독관들의

숱한 찌가, 찢어지게 아가리 벌린 오벨리스크처럼 곧추서네.
— 그리고, 묽게 만들어 짜내고, 짜낸 것으로 되게 만드는,
이 중습한 건물 안에서, 그녀들 한쪽 손목에
저마다 묶인 채, 제 주인처럼 온통 진땀으로 찌들고,
제 주인의 피로처럼 살찌고 부풀어, 주름이 생길
겨를이 없을 만큼 청춘의 소금을 죽어라 먹고 있네,
빨강, 노랑, 초록, 하늘빛 따위의, 이 세상 최고의 장신구!

아아, 갓 짜인 원단에서 상처를 찾아내기 위해,
예리하게 내려다보며 활활 불타오르는 애씀의 촛불이여!
때때로 경험의 화덕에 상상이 불을 지피는 학교에서,
쾌락에 지치고 싶은 욕망을 물어뜯는 설움에, 그야말로
뜨거운 눈물을, 보이지 않게 뚝뚝 떨어뜨리고 있는
너는, 네 눈물 방울방울에 의해 화상을 입어
네 청순한 내면의 비늘이 하나씩 벗겨지고, 그 벗겨진
자리로 — 새를 올려보는 헤메라의 시선처럼 — 빠져나가
려 하는
상념의 외침을 과격한 인내의 딱지로 덮어 막는구나!
대체 누가 소리치나? 아무 소리도 들리지 않는다!
그러나 소리에 밝은 처녀들, — 오 가엾어라! — 제 반의식

파수병이 질러대는 고함에 깜짝깜짝 놀라서,
제 두 속눈썹에 쌓인 졸음 무더기를 틈틈이 덜어낸다,
상像을 비비대며. 그녀들 쪽가위는 흡사 잡초 베는 낫!

— 두 엄지손톱을 맞대어 짓이겨, 바글바글한
머릿니를 잡아주던 어머니의 끈기로부터 익혔나,
조밀한 철사 바디를 헤집어, 하자를 찾아내려고
‘Γ’을 쓰고 있는 육체, 그 죽어나는 육체 마디마디를
하이에나처럼 물고 당기는, 사나운 시간을
아득바득 견디는 그 놀라운 끈기는?

직물이여, 직물이여, 너는 아느냐? 너의 냄새가
꺼내는 것은 짙푸른 초원, 호박의 샛노란 속,
깃털이 되려는 초록의 눈들이다! 그리고 너의 냄새가
꺼내는, 그 경이로운 대지의 융단을 따라가다 보면,
나의 지치고 몽롱한 정신은 어느새, 이 두꺼운 영역에
붙여진, 이 독특한 정서의 냄새와 똑같은, 저 처녀들이
진정 살아있는 처녀임을 입증하는, 그 어떤 거룩한
의도의 묘지, 가장 소중한 물질을 짜는, 싱싱한
쌍무덤이 품어주는 풋풋하고 감미로운 묘지에

벌렁 드러누워, 시야에 가득 담긴, 감명되는
모든 것들에 순결한 정지를 선사하는, 조각 이불을 덮고 있다!
아아! 아는 이들만 알고, 모르는 이들은 상상조차
할 수 없는, 너의 그 신비로운 체취는, 세월도
삼킬 수 없는 일생일대의 단꿈, 예컨대 펄서와 같은
결정적 의미로 우리의 정신에 스며들어, 갱참과 같은
항상성의 존위尊位를, 여생 속에서 녹풍을 맞으며
당당히 차지한다. 그리고 이렇게 독특한 체취를
오랫동안 들이마신 사람들은, 콧잔등에 언제나
항구를 올려놓고 사는, 혈관 속에 바다가 출렁이는,
뱃사람들을 빼닮았을 뿐만 아니라, 과업과 우정의
지느러미로 난바다를 파헤치며 제 목숨을 떠받치고,
미주하다 운명의 몰이꾼이 갈기는 매를 실컷 맞으며,
회전하는 중력에 결국에는 굴복하여, 제 등뼈로
제 무덤을 짓는, 이 불쌍한 동물을 세밀하게 표현한다.

아, 측은한 상상! 내 상상은 자꾸만 박차에 쫓긴다,
옆구리 얇은 말처럼; 그럴 때면 설레는 포물선을 타고
훌쩍 국경을 넘어 도망친다; 그리고, 이를 악물어야 하는
유한 속의 무한한 자유는 초대한다, 별의별 다디단

과일의 알맹이로 유려한 여체를 형성한, 나의 눈구멍
뒤에서, 거치적대는 겉장을 고이고이 벗은, 세상의
모든 황홀한 처녀를; 그리고, 상통하여 속닥대거나
질끈 부여안은 육체는 홍시처럼 무르익어,
결국 두 배로 무거워져 떨어지고, 그리하여, 터진 과육이
그 자체로 씨가 되고, 씨처럼 단단한 밀약이 된다.
아아, 그러나 여기에도 가득하다, 그 이국의 단맛에
못지않은, 싱싱한 과일 알맹이들의 결합체들!
그렇지만 아아, ……! ……바구니에 든 꾸리를
베틀의 통마다 배달하며 돌아다니는, 설익은 나는,
고작 한 사람의 몸통에 맞춘 좁아터진 통로에서
서로의 엉덩이가 어쩔 수 없이 스칠 때면,
그 체적 탄성의 미인이 끓이는 절묘한 비법에,
종종 자연스레 실눈을 뜨며, 지그시 주름살을 펴는
피의 강조를, 사채업자의 복리처럼 적울하는
피로로 꾹꾹 깔아뭉갤 뿐, 육칠 년 후를
당겨쓰고 싶은, 당돌한 애틋함에 자꾸만 부대끼며!

습도를 유지하기 위하여 바닥은
늘 어느 정도 젖어있어야 한다.

중상이다! 모략이다! 나직이다!
〈로맨스〉로의 이탈을 막으려는 감독관들이
예비한 이간질이다! 아아, 이 갸륵하고 성스러운
처녀들을, 그 얼룩진 낭설에 가둬 봉인하려는 감독관들,
작당하여 이 갸륵한 처녀들을 터무니없는 누명에
빠뜨린 자들에게, 복수의 저주여, 이미 되돌릴 수 없는,
그 파다한 낭설이 그 비열한 자들의 이기심 솟아나는
헛바닥을 말려서, 죽음의 맛에 생목을 울컥울컥 게우는
물배에 목매게 하라! 그리하여, 죄받아 마땅한
그 고약한 심보에서, 비로소 악의가 조금도 섞이지 않은
순수한 헛소리가 제풀에 새어 나와, 제 귓구멍을
쉴 새 없이 기어 다니는 다족 벌레가 되게 하라!
— 그러나 오오! 그 추악한 음해 알고도 모르는 척하며,
자신의 고달픈 소임에 순종하는 처녀들, 고초로
무장한 처녀들은, 외상질 밴 건달들의 허접한 주둥이가,
다 씹은 껌 뱉듯 마구 던져대는, 흥청망청 입맛 다시는
휘파람, 선웃음, 흰소리 앞을 지나가듯, 그까짓 것,
자기도 모르게 눈 한번 깜빡이는 듯이, 자신들의
고되고도 따분한 일상에 깔린 헐어 빠진 요철인 양,

무시하려 애쓰지도 않고, 그저 늠름하게 나아간다.

아아! 나는 온몸으로 대조를 느낀다, 후덥지근한
여름밤의 대기! 그러나, 으슥한 광야에 숨어 사는
흡혈귀와 사랑을 나누려 공중 계단을 오르는, 별별
미치광이의 비탄이 광을 낸, 저 하늘의 빛나는 밤길은,
후덥지근한 대기의 검은색을 비틀어, 나의 기억에서
미루나무의 무성한 깃털을 흔들고; 찰젖 주며
내 겨운 시름을 어르던, 푸른색의 순수한 자유를 짜낸다.
아, 이 얼마나 상쾌한가, 더운 들숨을 달구어 내쉬며,
초과 한도를 겹겹이 짊어지고, 노동의 뜨거움으로
앳된 불꽃을 때리는, 심지어 꼬리로는
제 억압을 자작하는 버릇, 결국 숙명에 귀결되는
쇳덩이 물음표를 질질 끌고 있는, 아! ……노새여!

하나같이, 어깨 가벼운 몽유병자를 꿈꾸는,
이 절정의 생명들, 현실의 중량에 취한 정신은
미명의 망루에 기어올라 위조한 빛에 질린
눈알로 성마르게 아침을 더듬는다. 아! 기다리는
사람의 부심腐心의 시간, 에베레스트 산을

등에 지고 오는 달팽이, 아파하는 자식을 보는
부모의 마음속에서 뒤를 다투는 굼벵이여!
　　　그러나 마침내 나타난 너, 가객은 웬걸,
막상 매양 그렇듯, 기껏해야 손에 쥔 흙먼지와
같은 무언가, 간접적으로 제 성품이나 지성 재려는,
쭉정이나 전단지 같은 설교나 찬미, 생리가 바닥난
여자의 젖샘, 번지레한 명색의 펜촉이 초등생에
팔아먹는 사탕발림, 돼지의 낚시걸이에 지나지 않는다.
왜냐하면 우리의 혈액에 쌓인 L만큼 묵직한 자기 연민이,
녹초가 된 몸뚱이를 잔무늬의 우울로 휘감고;
마음의 굴레를 사납게 잡아당기는, 반일 후의 고삐에,
우리네 왕성한 자유의 생기가 제풀에 실의하는 까닭에.

지팡이 쓰는 노인은 또 얼마나 바빴을지……,
사내 기숙사의 처녀들, 지난 반일의 노동에 시달린,
그 송이송이 꽃들의 지친 눈이, 맹인 안마사의 눈처럼
제대로 닫혔는지 일일이 확인하느라. ― 비로소,
교대조의 처녀들이 하나둘씩 노역장으로 들어온다.
긴긴 노동으로 간밤을 치밀하게 짠 기진한 직녀들은,
드디어 노역장을 빠져나온다, 개선문을 통과하는 패배자처럼!

아! 밤의 불에 넋을 태운 포로들, 밤새 체백을 끌어안고
그 냄새를 허파 가득 들이마신 듯, 타르의 집착에서
가까스로 벗어난 낱낱의 자갈인 듯, 지독한 빚쟁이가
밤새 쥐어짠 모양인 듯, 자욱한 안개 속의 무엇인 듯,
불사신 역을 맡은, 포연 속의 허수아비인 듯,
처녀들은 자신의 피로에 어깨, 골반, 이마, 무르팍,
젖퉁이 따위를 툭툭 부딪치며 고역수처럼 터벅거린다,
온통 빨갛게 익은 굴뚝 박힌 모가지에, 짐 이듯
무거운 미몽을 얹고. 아, 보라, 그 위에 숯가마를
올려놓은 것처럼 축 처진 눈까풀, 그 아래
몽환적인 눈에서, 꿈의 예시처럼 얼핏얼핏 비치는 저것,
　　　　저것은, 오 샹젤리제!
경구驚句의 금자도, 희대의 경구警句도
호락호락 열지 못할 만큼, 그녀들의 무거운 표정은,
마치 도적 떼의 보물이 가득 은닉된 동굴의 문처럼,
꼭 들어맞는 열쇠를 기다리듯 단단히 닫혀있지만;
그러나 오오! 바로 그, 그 숭고한 육체의 뼛속까지 스며든
부단한 노고에서, 어떤 영광靈光이 지상의 별처럼,
첫 발견처럼 눈부시게, 또는 야광의 재능처럼 서럽게 끓는다!
　　아 처녀들이여, 아직 기억하는가, 한눈팔지 않고,

활공의 날개로 곧장 날아온 생실의 하늘다람쥐가,
새날의 첫 먹이를 주려고 아침 창문을 사각사각 긁어 댈 때,
첫 하품과 동시에 활짝 열리던 그 경쾌한 번데기를?

세면실에 들어서는 순간, 오! 나의 본능은,
내 심신의 심미안은 향기롭기 그지없는 그림에,
알맹이를 향해 쭉정이가 제 껍질을 벌리듯 활짝 열리고;
내 예민한 콧구멍과 검은 돋보기는 또다시, 불경심 따위
구석빼기로 내던지고, 팔팔한 P를 폐부 가득 들이마신다.
그 아름다운, 비송의 세 여신도, 아랍의 벌거벗은 궁녀도,
나의 망아에 이토록 진귀한 인상을 생생히 그리지는 못하지!
이성의 밀랍 마음에 심지처럼 꽂혀 불타는,
밤새 진땀에 쪼들린 이들 살갗은, 흡사 채찍처럼 감긴
천일랑 훌훌 벗어 젖히고, 당장 시원한 폭포수를
흠뻑 덮어쓰고 싶건만, 그러나 하릴없이,
옷단 속에 들어있던 살갗이나마 스스럼없이 꺼낸다,
성스럽게, 후덕하게, 어린 히메로스는 계집애라는 듯이.
먼 길 가는 인고가 다리 꼬고 걸터앉아 잠시 쉬는 팔뚝!
불쏘시개 다섯 개와, 삶을 익히기 위한 숯을 만들려고
노상 젖어있는 촛불이, 마치 정복욕에 홀린 등반가처럼,

바야흐로, 그야말로 기어오르고 싶어서 안달하는,
흡사 자개 위에서 윤슬이 노니는 듯한,
내 현기증 매달고 성난 태양같이 우뚝 솟은 허벅지!
헐렁하게 벌어진 'Y' 사이로 드러난, 혼미를 자아내는
두 융기의 곡벽!(그 골짜기에 코를 처박고
쭉 흘러내리고 싶은 내 마음!) 가뜩이나, 은밀한 과녁에
홀딱 반한, 내 눈알의 탄알을, 저마다 거의거의 한사코,
제 젖꽃판 중앙에 명중시키는, 오! 맵시를 쑥쑥 내미는,
저 우상의, 갖은 약덕의 연꽃! 강약이 기막히게
어우러진, 이 직조 님프들의 미지微旨를 결합해서,
그 창조의 어둠을 열고, 만유의 숨을 빨아들이는 천마,
그 등에 올라탄 주인으로, 아! 다시 태어나고 싶어라!

아! 이 참신하고 매혹적인 생령들의 소망은,
이 사실적인, 너무나 사실적인, 이 악몽에서의
성공적인, 아아 탈출! 그러나 쓰디쓴 미덕을 요구하며
본가에서 자꾸만 부치는 일거리, 저마다 제
헌신적인 곳간에 그 밀린 일거리를 꾹꾹 집어넣어,
제 콧김 섬기는 통치권을 느긋이 쓰다듬는 독재자,
그 백성처럼, 냉가슴으로 퉁퉁 부어오른 제 시퍼런 곳간을,

계란으로 문지르듯 틈틈이 살살 쓰다듬는 처녀들!
그녀들 눈썹은 체에 거른 닉스의 깃털 챙,
그 밑에서 소금물 퍼 올리는 두 미니 수차
이래저래 허덕이고; 그녀들은 제 짜디짠 소금물에,
간을 맞추려는 듯, 거의 쉴 새 없이, 각고의 청춘을
타고 또 탄다! 그래서 더더욱 갈망한다, 노역으로
밤낮을 굴리는 처녀들은, 외부의 통제에서 벗어나서,
땀처럼 줄줄 흐르거나 고생처럼 그렁그렁한,
제 소금물 훔쳐갈, 입술 녹이는 빨간 봉인의 키스,
그리고 연애의 감미와 질긴 밀월로 짜인 아기자기한 비단을!
　　　　　오 입술! 입술꽃! 향기로운 입술!
그 매혹적인 입술 주름이, 달콤하게 늙는 비법을
한 번에 하나씩 알려주는, 그 애석한 입술들 틈에서,
인광 같은 은은한 말이, 축축한 베갯잇의 탄식처럼
간간이 피어오른다, 이윽고, 목구멍을 통해
급히 닻을 내리고 나서, 빨랫줄에 갓 널린 옷가지처럼,
가지런히 뒤집힌 눈금 위에 저마다 제 무거운
육체를 넌 채, 순수 불평등이 빚어내는 애연한
꿀 같고, 땀의 알맹이 같은, 끈끈한 진액을 흘리는,
　　　　　　이미 벌거벗은 가인처럼!

불안과 결핍

오오! 악마의 숨결이여, 정신의 괴물이여, 고독 중의 고독
이여,
너는 기척도 없이 도대체 언제, 어느 틈에
나의 두개골 속에 숨어든 것이냐? 배때기로 징그럽게 걷는
기다란 두려움이 곳곳에 뿌려져 있어서 발을 내디딜
곳이 없는, 내 포악한 꿈에 도장을 찍은 기억이
내게는 전혀 없건만, 너는 어째서, 아무 때나
모종삽으로 무서운 구덩이를 한 움큼씩 파는 것이냐?
고영(孤影)에 달라붙어 비참을 덧씌우는,
가짜 노예 계약을 맺은, 허물에 갇힌 영혼들에
내 고통스런 지혜가 수없이 짓밟혀, 내 순결한 마음조차
내게 정다운 말을 걸지 않는데, 하고 많은 중악인 놓아두고,
너는 왜 하필 나를 고른 것이냐? 깊이 스며들기 쉬운,
따스하게 무르익은 것을 찾는다면, 너는 그야말로 헛들었다.
그러니, 아이고, 〈불안〉 이 등신아, 어서 떠나라,
얼어 죽기 전에; 사실 나는 사람 모양의 얼음이다!

우주의 시간과 공간에 반사된 나의 지혜가 나를 저주하듯,
너는 나로 하여금 나 자신을, 내 현실을, 내 인생을
저주하게 만들고; 해심海心에 중위되어,

화주火酒의 의도에 찌들 대로 찌든 옛날의 선원들처럼,
비둘기의 기계적인 고갯짓처럼, 나로 하여금
유년의 손짓에 자꾸자꾸 고갯짓하게 만들어,
통구이라도 할 듯이 나의 양손과 양발을 꽁꽁 묶는구나.
그럴 바에야 차라리 너, 불안이여, 풍미豊味가
기다리는 곳이면 어디든 돛을 몰아 대는
술기운의 자유, 이를테면 되도록 많은 밑창에
더러운 일진을 구토할 억병, 분방한 마음에서
염려를 제거하고, 감행의 길을 닦고 밝히는 둔갑술,
그리고 시간의 목말을 타고 흥미를 내리누르는,
권태의 중량을 줄이는, 호기심을 대주는 갈림길,
그것들 속으로 나를 있는 힘껏 내쳐다오; 그리고
내 두뇌의 대기를 쓸어버려, 내 정신에 고요를 보시하라!

〈불안〉, 너는 내 안팎의 마의 진실에서 태어나,
달려라! 생각의 등짝을 갑자기 후쳐치는 안온의 대적大賊!
너는 내 고통이 매사 공들여 준비한 연습과 각오를 언제나,
그보다 백배나 슬프고 괴로운 결과로 욕보여 찢어발긴다.
그리고 너는, 새들의 잔칫상을 쫓아다니는 구더기 떼,
서로를 졸졸 쫓아다니는 무능하고 고체한 왕과 간신배,

자신의 앞말을 저버린 위선자를 쫓아다니는 뒷말의 위선,
통시의 눈을 꺼리면서 쫓아다니는 위선자의 미움,
없을 수 있으면 두려운 것, 피고인을 쫓아다니는 선고,
흑의의 권력으로 죄짓는 자들을 쫓아다니는 무수한 원한,
자신의 불확실한 안목을 쫓아다니는 예술 애호가,
개를 쫓아다니는, 길고양이의 쫑긋 곤두선 시선,
약의 허점을 쫓아다니는 추가 약의 더 큰 허점,
깜박 한눈판 제 자신을 쫓아다니는 철학적, 문학적 영감,
오래전에 다 자란 나를 아직도 쫓아다니는 자라의 맹위,
외톨이를 쫓아다니는 이런저런 타인의 늑골 물어뜯기,
남 좋은 일만 하는 숫보기를 쫓아다니는 이기적인 남,
이런 따위를 통틀어, 네 어마어마한 엉덩이의, 고작
우표 크기만 한 깔개로, 나 몰래 아주 가끔 쓰며;
내 몸에 퍼져있는 모든 신경이, 실낱같은 변수를 찾아
온 우주를 동분서주하고, 납빛 발소리 진동하는 복도를 보며
몸을 떨어대는 사형수, 그 팔팔 끓는 신경처럼,
온통 하얗게 세도록, 악착같이 나를 쫓아다니는,
아아! 내 두 눈에 붙은 동전이자 굴장 전문 매장꾼!

   겨 아니면 티끌과 맞먹을 만큼

미천하고 허무한 인간이여,
너를 포기하고 차라리 너의 운명,
너의 주인을 순순히 받아들여라!
마치 포식자의 미끼처럼 꼬드기는,
종교의 입버릇과 같은 이 진부하고
공허한 주장의 유혹에 넋을 놓아라!
그러면 고뇌의 울타리에 갇혀 광란하는
정신은 순치의 포근한 무신경 위에 누우리라.
이제 지긋지긋하지 않는가?
상사의 임의적 기분이나 사람들의
오해에 피타하여 조심에 지치고,
때로는 머리통을 공구의 모서리에 내주고,
때로는 저미고 후비는 다양한 끝에 가슴을 바치고,
노상 숙명이 엮은 악연에 치이는,
그지없이 한심하고 빈약한 인간이여,
어서 와라, 내게로, 내게로;
그리고 쉬어라, 깊이 쉬어라!

아, 이 달콤한 속삭임에 넘어가고 말다니!
넘어가고 말다니! 아니다, 영혹에 넘어간 것이 아니라,

질기고 억세게 이어진 침해에 당한 것이다.
아니다, 이것도 맞고 저것도 맞다. 아니, 아니…….
이런 제기랄! 어질병에 걸린 건가?
반쯤 미친 건가? 그래, 어쩌면…….
이것이 바로 '심신心神의 미궁' 이란 것인가?
아니, 그래, 틀림없다! 그래, 정신이 이토록
두서없이 지리멸렬하는 까닭……, 여기는 분명
네 뿌리칠 수 없는 원인 속이구나, 깜깜한!
처절한 외로움의 빈틈, 눈물의 둥지를 파고들어
알을 낳은 뻐꾸기, 숙주의 강인한 인내심에 빨대를 꽂고,
자아를 세람할수록 급격히 증식하는, 머릿속에
바글바글한 쥐 떼 같은 놈! 제기랄! 되레
자기 정곡을 찌르는 허술한 공격, 백만 대의
뺨따귀를 살 만큼 한심하구나! 궁극의 병기를 자신한
정신의 고집을 끈질기게 신뢰한 결과는, ……회귀?
천만에, 허무하게 공들인 시간만큼, 기생충은 포식하여
살덩이가 버젓이 대리석 계단을 장만했다.
대체 이 징글맞은 망령의 벌레를 어찌 죽이나,
겹겹한 가위로 신경을 몽땅 잘라 버리자니 여생이 불쌍하고;
더 이상 가진 무기도 없고, 더구나 이미,

인갑에다가 갑옷을 겹겹이 껴입은, 저 번듯한 가상보다
강건한 병균을? 아아! 어떻게 하나? 이미 오래전에,
전전긍긍에 쫓겨난 나의 의기는, 구멍 숭숭 뚫린
위장 같은 몰골을 걸치고, 겨우 제 이름만을 되뇐다, "우라질!"
의심 많은 폭군처럼, 장소를 가리지 않고,
걸핏하면 겉잠을 팽개치고 창광하는 신경, 그것이 나를
머리에서 발끝까지 수치심에 처박으니, 나는 온몸에
겹눈이 돋은 괴수로 홀변해서, 아뜩히 대갈통에 불나기 일쑤!
그러면 그때마다, 내 마경에서 더불어 살고 있는,
극도로 예민한 도망자를 슬쩍슬쩍 흘겨보는, 의심의 따갑고
뜨거운 탄혈이 내 마음속에 새까맣게 수북수북 쌓인다!
악몽의 내막을 향해, 피범벅 발찌를 차고 질질 끌려가는
두 발목과 같은 경험과 마음, 그 망령 살덩이, 이것이 현실
의 나;
그렇긴 하지만, 악이 아닌 내게 이런 독이라니!
오히려 허구, 꼭두각시, 마네킹 따위가 구걸할 법한,
검은자에 흰자가 파고드는 이 고통, 산 채로 뜯어 먹히는
이 무례의 극치, 아아! 맙소사! 그 누가, 그 누가 알리오!

이런 망할! 군살투성이 빈대의 승리! 결국 나는 완전히 전락

했다,

숙주에서, 내 쇳덩이 심장 매단 족쇄를 찬,
바늘방석의 포로로. 그 결과, 줄줄 쏟아내는 은색 오줌통처럼
극성스런 절망, 그 노예인 내게 주어진 넉넉한 양식은,
아아! 죽지 못해 먹는, 쓰리고 괴로운 고독과 사색,
그리고 연약한 인생의 가래로 광대한 불모지 갈다가,
결국 제 선혈 흠뻑 뿌려진 검은 이랑 밑에 묻힌,
저마다, 하나의 눈에서 매번 새로운 전율을 자아내는
거대한 송장들. 아 나여, 나의 자아여, 내 불길한
얼굴 따위 비추기도 싫어하는 유리, 그리고 나에게
닿지도 않는 공허한 시선에까지 기겁하며,
의식의 방임을 위한 의식의 떨침, 그 멍투성이에서
나를 떼집기 바쁜, 너는 더없이, 한량없이 가련하구나!
그래서 나는 차라리, 성가신 사물의 커튼을 친다.
그러나 정작, 불가항력에 사로잡혀, 변명의 외다리를 내디
디며,
역상을 통해 오히려, 나는 나팔에 더더욱 시달린다.

　　어쩌면, 사면초가에서 맨몸으로 사투를 벌이지만 않았어
도……

오히려 나 자신을 향한 투지를 버리고 항복하여,
내가 적으로 판단한 무수한 유혹의 포로가 되어
유탕에 몸을 던지고, 머리를 흔들어
희망이 덧없는 하중을 털어내고,
그때그때의 충동에 미비하는
자유의 내리막 포장길에서 미끄럼을 타며,
생동하는 불빛에 시선을 맡겼더라면……
죽음에서 싹튼, 인내가 초래한 방황의 지독한 쓴맛이 아
니라,
　박약한 의지를 통해 허투루 육미를 최대한 누렸더라
면……
공허의 피를 흘리며 초인적인 의지로
그나마 미량의 기력을 소진하지만 않았어도……
역설을 이용하는 운명은 순종하는 자가 아니라
거역하는 자를 원한다는 것을 미리 알았더라면……
맹신, 탐욕, 무시, 모순을 통해
생욕과 정신의 건강을 얻었더라면……
무심코 타인의 양심을 찔러 나 자신을 가두는
예리한 솔직성을 타고나지만 않았어도……
경험의 지식을 판단에 넘겨주기를 주저하지 않고,

정신의 저울을 두려워하지 않았더라면……
사랑받지 못한 심장에서 사랑이,
기대가 높이 샘솟지만 않았어도……

아, 인고에 맞춘 단벌을 입고, 시린 자격지심에
거듭거듭 어깨 접는 겉모골의 인간! 옥죄는
구두가 제조한 추한 발처럼, 거북의 등을 닮아가는
새끼발톱처럼, 악덕의 밝은 빛에 허울이 홀랑
벗겨지는 신앙심처럼, 내 인생에 허다한 마맛자국처럼,
통찰의 상처의 학대 받은 피처럼, 고통, 고통, 이 고통의
거죽은 어느덧 나의 의미에서 거의 다 벗겨졌다.
입김과 다를 바 없는 속삭임의 음파에도 몸서리치는
내 아슬아슬한 신경, 도대체 얼마나, 얼마나 많은
고난과 불화가 편을 갈라, 뒤쪽 발바닥이 달아나도
모를 만큼, 오죽 열심히 줄다리기를 했기에,
망종의 날숨처럼 이리도 서럽게 가늘어졌나!
뭇사람이 자기도 모르게 누리는 일상의 생명력,
그것을 잠시나마, 추호라도 맛보기 위해, 나는,
아 염병할! 성취의 인색한 방울병에 애걸해야 하다니!
아아! 빌어먹을 결핍 보상! 과잉으로 이루어진 나의 5+3,

그리고 나의 결정적인 〈1〉이여, 모든 문을 닫아라;
그리고, 백 개의 거울에 포위된 병신에게,
그 젬병에게 하체고프테릭스의 날개 달린 왕관을!

저 생명의 그늘, 그것을 증오하는 저승의 사기꾼,
〈생애의 연장〉이라고 쓰인 리본이 붙은, 금박 포장된
선물을 들고, 언제 어디나 졸졸 따라다닌다, 하다 하다,
백골조차 벌벌 떨게 하는 악몽, 그 숭배에 빠진 나를;
내 눈까풀 뜯어먹고, 내 강혈을 온통 광표백하며.
또한 그 나쁜 놈, 내 타는 애간장을 향해 기립 박수를 치며,
쾌재의 오줌을 우렁차게 뿌린다, "우우! 잘한다, 잘해!" 하고;
그리고, 낮에 〈정신 투쟁〉으로 찔리고, 베이고, 구토한
나의 두뇌에, 또다시, 지지고 볶는, 드밝고 뜨거운
번개 조명을 비추어, 초주검의 내 정신을 억지로
들어 일으키고; 그리하여 결국, — 이 세상에 백만 개의
제 비명을 뿌리려고, 버림받고 태어난 숙명의 노예 검투사,
내 정신은 무적의 제 자신과 또다시 허덕지덕 결사전을 벌
인다.
그로 인해, 수없는 씨앗이 뿌려진 나의 머리에선
날로 피의 광막한 사막이 대전의 시체처럼 우거지고;

갈비씨가 학대의 악심처럼 몹시 변덕스런 칼바람 맞아,
지더린 망각처럼, 그 주둥이 새끼처럼 밤낮없이 뒤척뒤척
구른다.
그렇지만 아! 나는 너의 목을 칠 수가 없다, 양이자 늑대여,
딜레마의 구렁텅이가 나의 유일한 숨줄이고, 너는 사실
내 딜레마의 독성에 일그러진, 눈물겨운 순환의 괴물이기에!
— 아아! 잠이 물구나무서서 오르는 그물 꿈통은 내 엉클어
진 신경!
내 머릿속은 밤마다 만국 대표 주정꾼들의 난장판!
내 눈먼 생각은 싸대며 왈가왈부하는 전문 시비꾼!

나는 찬닉하고 또 찬닉했다. 그러나 그때마다, 지옥의
사냥개이자 지옥의 최고 박제사 — 생명에 방부한 죽음을
채우는 〈불안〉, 너는 나를 단숨에 찾아내 사로잡아,
살기에 붉게 젖은 형장으로 때리고, 온몸에 묵형하며,
앉아있는 이유, 때꾼한 이유, 갇힌 채로 도망치는 이유,
꿈속에서조차 항상 홀로 겉돌거나 까마득히 뒤처지는 이유,
늦된 이유, 나의 효용 따위를 캐묻고; 또한,
먹을수록 배고픈 식인귀에 빚꾸러기처럼 얻어터지며,
그놈을 살찌우려 죽어라 애쓰는 주인이며 노예처럼,

곰의 쓸개에서 즙을 긁어내고, 천산갑에서 비늘을 박리하듯,
나의 부족에 찬 마음에서, 명맥에 필요한 미량의 의욕까지
밀렵하고; 가뜩이나, 타고난 나의 자비심自卑心을
더더욱 길들여, 심지어 너무나 일찍, 나의 질투심을
아예 거세하여, 나의 엄청난 은자隱疵, 너를 모르는
묘사된 시간으로 하여금 현실의 힘을 위해
쓸데없는 잔손 풀무질을 하게끔 하여, 내 욕정이
신기루의 주역을 따내려고 내 정신을 자꾸만 들볶게 했다.
그 은밀한 잔악함에, 나의 가슴은 한꺼번에 요절한
꿈의 묘지가 되어, 나는 너의 기척에도 부리나케
겁을 집어먹고, 기쁨의 열매를 탐내는 정당한 자유를
지레 정신의 가시줄로 단단히 옭아맸다. 아아,
나의 맨동을 깔아뭉개고, 나의 걸음에 대지진을 심는 페르
세스!
식인에 맛들인, 미궁의 황소들에 무수히 받히며 〈너〉를 무
럭무럭,
오래오래 키운, 꼼짝없이 붙잡힌 나는 외롭고 허약한 거룻배;
몽상의 밝은 목적지를 향해 환멸의 순풍이 파도를 긁어 댄다.
병 속에 자신을 넣어 봉하고 바다에 뛰어든 무인도의 조난
자처럼.

무한대의 병 속을 가득 채운, 결빙의 심연에 가라앉은 전율
의 고독,

그 씨앗이 100조 개의 세포 하나하나에 침투하여,

괴이하게 고통스런 생, 차디찬 그늘의 별을 형성했다.

아! 극한의 대가! 나는 송두리째 잃었다,

바람의 잔기침에도 경악하여 화장이 지워지는 꽃잎을,

여물 같은 기지와 위트 넘치는 유머의 온천을,

한철 만용의 싱싱한 고락이 주는 영원한 소년 벗님을,

만 가지 맛으로 데려가는 태양의 정자들을!

나는 내 인생을, 걸신들린 엄니와 뾰족한 부리의

고문대에 올려놓고, 인간고에 지은 대죄를 단죄한다.

나의 인생이여, 부디 나를 용서하지 마라! 내 비계진 변명
따위,

원망의 굳은살 박인 네 무의미의 손으로 박박 찢어 버려라!

저 높은 이상의 나라에서 독기를 품고 추방되어,

필연의 윗턱과 우연의 턱주가리로 나를 질근질근 씹어대는,

어두운 그림자 따위는 비교도 안 되는, 골 빈 악귀!

너는 나의 발자국이 탐내는 드넓은 세상을 한낱

모래알로 압축해 버리고, 내 마음속에 감성의

마이나데스와 사념의 폭풍을 풀어놓아, 나는
결국 중독되어, 자각의 무섭고 지독한 불치병에 걸렸다.
안달하고, 버둥대고, 침체의 넓은 가슴 위에 후회를
드높이 쌓는, 내 필패의 주저는 그 자각의 미늘에 꿰인,
군내 부글부글 끓는 시간! 아! 죽음의 교태를 부리며
삶을 유혹하는 정욕情欲, 탯줄의 진리여! 나에게 있어서 너,
너라는 존재, 매쇄하는 유령 무희의 오래오래;
그녀의 치맛자락이 일으키는, 가증스러운 향풍;
내 갈망의 송곳니 저편으로 끝끝내 멀어지는 아름다운 목덜
미!

아! 이 독사 중의 독사는, 정신에서도 갖가지
새로운 독사를 낳아 기르고, 육체에서도 갖가지
새로운 독사를 낳아 기른다; 또한 정신에서 육체로,
육체에서 정신으로, 해명되지 않은 독을 퍼뜨리고,
그리하여 나의 차디찬 인생 위에서 저와 독사들의 몸을 데
운다.
그리고 이 독사 중의 독사는, 생명의 존재를 회전시키며,
그 존재에서 무게를 분리해 내는, 지고한 짐승의 살해 의식;
또한 내 혈관, 내 털, 내 땀샘, 내 세포 하나하나까지 떨게

하는,
　등등한 미망未忘, 그곳으로 나를 사정없이 잡아끄는,
　하나의 병든 본성! — 허기진 모가지로 형벌을 버티는 게
　경이로운 놈, 서너 가지 목적에 도취한 자유 떼 우글거리는
　거리에서, 여지의 모퉁이 하나 없는, 구멍 속의 산송장을,
　바람에 어깨를 부딪칠 때마다 중풍을 의심하는 망상광을,
　마치 광壙이나 봉분 끌 듯, 모질음 다해 헐헐 끌며;
　정착한 재앙에 짓눌려, 의안처럼 공허한 눈알을 길바닥에
굴리며,
　밤낮 연습한 미치광이처럼, 주절대면서 머리를 털어댄다.
　"안 돼! 심장은 걱정 마! 미친 심장이 싫어해!
　제길, 이런 생각도 말아야 하는데!
　아니, 아니, 이 생각도 말아야 하는데!
　자연에 손 좀 대지 마, 이 찰거머리야!"

　……실험용 인간! 폐기된 불량품! 첨병添病의 집합소! 결핍
의 창고!
　아아! 내 육체에 얼마나 많은 결핍을 담을 수 있을까?
　아아! 그 결핍이 밴 무수한 상상의 괴물을 어찌한단 말인가!
　아아! 얼마나 많은 우주가 내 안에서 폭발하는가!

아아! 이 정신은 거대한 보름달의 광기로 울부짖는 바다인가?

아아! 얼마나 많은 고독을 먹어야 고독의 허기를 잊을 수 있나?

아아! 딸이 어머니를 낳는 이것은 대체 무엇인가?

불안과 결핍, 서로의 어머니, 이것은 정녕 불행의 법칙인가?

아아! 이 모든 극통은 실존하지 않는 허상이 느끼는 환상통
인가?

아아, 인식의 박치기, 불행의 전제, 불안의 주인이여!

나는 생각한다, 나의 불안은 너의 태도를

나의 정신에 신랄하게 고발하고, 너에게 무한한

자유를 준 것에 대한 부당한 처벌이 아닐까?

— 그러나, 영생의 붕괴, 그 소산 〈마지막 잎새〉, 그 아래에서,

성복을 뽐내며, 자위적 속치레에 취한 영혼은,

공정하게 의심하는 법, 황야의 가시에 푹푹 찔리며

피로 자문하는 법, 곡두 삼지창에 찔린

노파의 고통을 모르고; 실존의 역설의 이름으로,

함부로 꺾은, 꽃다발을 제 증거로 삼고, 피라미드의

속성으로 위압하고, 타력惰力으로 족쇄하고;

배타적인 맹신이 그렇듯, 오만해서 더 불쌍한, 이신貳臣,

이웃 장님으로서, 산 자를, 산 말을 가벼이 깔보면서,

스스로 죽인 우상을, 늘 지는 군소리를 받드는 체한다.

불의 혀

아, 신앙은 박제된 신의 저주!
인간이 신을 믿는 것은
신의 감시를 받지 않는다는 믿음 때문이다!
신의 감시를 받는 순간
인간은 세속적 자유를 찾아 신을 죽일 것이다!
자신의 마음에 없는 것을 있다고 믿는 믿음,
내면 가면이야말로 가장 해로운 결핍,
종노릇하는 상전, 신의 조종자, 완벽한 최면술사,
모든 배후를 지배하는 우상의 신이다.

미루나무

　　　　　바람이 나를 흔들어도
　　　　나는 이 순간의 심장을 먹으리라!

그대 우울한, 경독이여! 빛과 어둠의 경계에 선
허상이여! 세상과 제 내면의 집에서 버림받은 사막이여!
암흑의 무한 속에서 영원히 떨며 표류하는 변이여!―
그것이 유령이 된 후에야 나는 비로소 내 운명을 보았다!―
아아! 너의 선심은 너의 원수, 끝내 화해할 수가 없구나!
그러니 이 원수의 원수를 가진 자들은 거의 시체처럼
두꺼운 가죽을 두른 셈이니, 그 걸음이 가벼워서 얼마나 좋
을까!
노상 시큼하고 쿰쿰한 냄새를 풍기는 볼품없는 자여,
너는 왜, 갖은 요령으로 저마다 은밀한 왕좌에 오른
인간들의 구더기를 사육하며, 네 인생을 새하얀 무위에
길들이고 있는가? 설마 논외, 껍질에 있는 탄식의 맛……?
참 우습게도 끈덕지고, 수치심보다 더 수치스런 살덩이,
그 이름은 눈물에 푹 삭은, 삶의 분묘인 산송장;
벙어리 동반자, 신축성 좋은 생전 수의에 얹혀사는,
한낱 허식에 불과한 그것으로 해서, 너는 결국 네 존재를,
오만 농도의 눈물을 주룩주룩 흘리며 만방으로 달리는,

다리 천 개 달린 두뇌처럼 궁극적인 비참으로 완성했다.

아아, 야속한 토요일! 나의 변성한 목소리의 부름에
일절 불응하는 토요일! 너는 내 필사적인 가슴,
그 왼쪽 가슴에는 화려한 조화造花를 꽂고,
그 오른쪽 가슴에는 〈감자 먹는 사람들〉을 걸어,
마치 서로가 먼저라고 탓하는, 젠체하는 불신과 멸시처럼,
또는 즐비한 〈두 불구〉가 선후하며 침실 문을 열듯,
즐비한 허탈과 슬픔이 내 콧구멍 눈구멍을 다투어 열게 한다.
그리고 장난의 신神이며 가혹한 옥졸, 너는 나를
내 안의 양극단 독방에 처넣어, 만물을 떠받치고
또한 밀어 올리는, 괴력의 빛조차 밀어내는,
만중의 척력 수인으로 만들고, 또한 홀린 듯, 미친 듯,
사무친 듯, 또는 철저히 길든 듯, 향기로운 살내,
봉긋한 말벗, 당즙 나는 살맛을 필사적으로
끌어당기는, 만중의 인력 수인으로 만든다.

사람들의 표리에 이리저리 밟히면서 포복하고,
이웃의 어릿어릿한 눈초리에 음낭이 꼬집혀 대는 잔챙이,
제 상처를 먹고 사는 인식의 화증에 못 이겨,

머릿속 가로지르는 아름다운 말괄량이 따위에는
오래전에 물린 망막의 조류 위에서 괜한 법석을 떨어 댄다.
그러던 어느 날, 권태가 순수한 단맛을 내는
오후 무렵에, 누렇게 바랜 낡은 종이가, 길가에
뒹굴고 있는, 이런 글이 적힌 내 충혈된 눈알을 주웠다.

　　구경꾼들은 언덕을 좋아하는데,
　　나는 저 지고한 언덕이 무서워,
　　홀로 저 하늘의 밀실을 사랑했다!

아아, 내 존재의 조용한 증거여, 내 평생의 버팀목이여,
고분하는 못난이를 달래느라 더없이 말라 빠진 채,
그리고 제 독자적인 이상까지 나에게 전적으로 양보한 채,
나를 끌어주고 밀어주는 영묘한 길벗이여, 고맙다!
그동안 희망 속에 깊이 묻어둔 이 말을, 나 이제야
비로소 꺼낸다. 이 말을 하지 않을 수 없는 나의 심금을
너는 알리라. 시간의 박차가 바람 빠진 공을 갑자기
냅다 걷어차면, 그때는 묘지를 지키는 마지막 상징의
입이 즉시 작별을 앞질러, 일말의 의미도 없는 외마디를
무인도에서 유언으로 남길 테니. 내내 내 발끝의

숙명을 따르며, 누더기 상복을 걸친 채, 삶의 갖가지
재미에서 슬픔을 구걸하며, 인부정 탄 상주처럼
고개 숙인 너 — 그러나 너의 잘못이 아님이요,
극목에 만족하지 못하는, 우울증 깃들게 하는,
이놈의 눈깔 탓이라! 그렇지만, 이제 그만,
그 소득 없는 눈물을 거둬라, 내 운명의 눈물단지여;
나도 모르게 자꾸만 소리 없이 지껄이는,
내 자질구레한 말을 불평도 없이 언제나 귀담아듣는,
내 불탄 가슴속, 그 재 같은 짝꿍이여; 일격하는
지표가 나를 힘껏 밀어 올리고 있으니, 우리는 머지않아
〈절대 영도〉에서 합일되어, 영원히 이별하리라.

만물의 오감이 바람을 향해 산들거릴 때,
지하의 기적이 지상의 나를 괴롭힐 때,
제 출신을 재며, 정작 숨김표를 노골적으로 드러내는,
그대들의 눈빛이 내 신속한(왜?) 피해망상 — 나는 항상
이것을 주의하면서, 차라리 이것에 상처받기를 원했다 — 보다
〈먼저〉 나를 깔보고, 나의 외로움을 쉬이보고 이용할 때,
허덕허덕, 안절부절, 나는 돌린다, 내 마음을 둘러싼,
이토록 단단하고 평면적인, 질감과 원근감 없는 풍경을!

아아! 도대체 이 짓을 얼마나 더 해야 한단 말인가?
— 설선 밑의 아이들, 내 얼굴의 산딸기를 깡그리
훑어가 버린, 그 아이들의 그림자의 발을
내 발끝으로 힘껏 밟고 있지만, 그러나 점점 붉어지는
광채를 향해 아스라이 멀어져만 간다, 아, 그림자!
그 그림자, 꿈을 가장 황홀하게 보듬는 주름진 직업처럼,
재촉이 뿜어내는 후류처럼, 갈수록 퍼지며 길어지는,
그 뼈저리게 그리운 그림자를, 나는 강대처럼
마냥 멀뚱히 바라보고, 내 기나긴 비탄은,
필연에 농락된 필연처럼 마냥 따라간다.
아아! 인생은 홍연한 눈물 속에서 끊임없이 헤엄치고,
비극은 유년의 반쪽 빛에 일생을 빼앗긴 인간을,
어째서 이리도 끔찍스레 사랑하는가!

훌쩍 떠나버렸지, 사색의 시간, 잡동사니 남기고.
차갑고 우울한 태양열 밑에서 사납게 휘돌며 흘렀지,
그것! 그러나 나는 결국, 허파에 총 맞은 병사가,
절망의 바닥을 할딱할딱 닦듯, 닳아빠진 슬리퍼 뒤꿈치를
가까스로 끌며, 태엽 다 풀린 들판의 언저리를 약비나게
배회하고 있다, 두렁에 버려진 우직한 허수아비의

푸르른 울부짖음처럼! 그럼에도 불구하고, 나의 추상화된
콧구멍은, 버티기 위한 악벽을 또다시 들이마신다.
허공에서 상투적인 공허와 뒤섞이는, 선천적, 후천적
시름의 독기를. 절망의 깊은 구멍에서 그저 잇따라
터져 나오는 비탄으로 얽힌 오열을 끌러내며,
성에 낀 심장을 데울 키스에 목말라, 관능의 너울을
정성껏 닦는 달콤한 선저와 같은 독백으로,
내 시든 입술에 침칠하는 나는, 출생의 근본적인
이유와의 절연 속에 살아가는 나 자신에게,
또다시 헛씹는 질문을 던진다.

껍질 자체로 만족해야 하나?
비운이 이승에 던져진 이유인가?
경직되고 떨기 위해 태어난 사물인가?
멸시에 끊임없이 시달릴 운명인가?
운명도 견딜 수 없는
이 불행을 견뎌야 하나?

대등한 온기에 닿아 피어나고 싶은 나의 감촉은,
여전히 고폐된 채, 일찍이 누구도 납리한 적이 없는

에레보스의 골수에서 구원을 갈망한다. 아아! 오라,
측심기를 가진 아리아드네여, 허기의 천장과
갈증의 바닥에 끼여 지칠 대로 지친 나, 내 안의
암굴에서 나를 구해줄 유일한 해방자 너,
잊고 싶은 것 잊게 해주고, 갖고 싶은 것 없애는
마법사여, 우리 함께 천만 겹 덧얽혀 불가분이 되자!
그러면, 그러면, 오! 나에게 너, 언제나 언제까지나,
미래영겁의 항도이자 풍요의 영원, 그리고 그 영원을
순간순간 새롭게 하는 재생의 황금 실마리가 되고,
제네바에서 태어난 남자의 반신, 그 반신에 반신을 더한,
내 동경을 허물고 완성하는 동경, 〈나의 전신〉이 된다!

　　통속어의 낙인! 간과의 눈! 향유의 요소!
　　아! 가장 긴 비문을 쓰는 가장 한심한 삶!

그만! 그만! 제발 멈추어 다오! 식욕을 빼앗아
비쩍 마르게 하는, 의식의 수다는 더 이상 듣고 싶지 않다.
(자기 자신을 안다는 것, 그 고상한 슬픔은 악마의 아편!)
아니, 아서라, 고통의 반력이 제멋대로 초대하는,
똑같은 소절만 거푸하는, 겁쟁이 겸 떠버리 가수는

더더욱 신물이 난다! 아! 그래, 가자! 마음 찢어져
무너질 듯 피곤한 지금이 절호의 기회! 어서 가서,
잠의 보초병을 껴안아, 그 코에 코를 비비고, 수면에 폭 빠
지자.
적어도 숙면의 이불 밑에서는, 정반의 내 신경과 내 기력이
드디어 휴전하고 건배한다. 그러면, 툭하면 신경을 곤두세
우는,
이 민감에 찬 선잠에서 깨어나, 잠시나마 휴식을 얻으리라.
힘이 다 빠진 걸음아 마음아, 조금만 더 힘을 내라;
방금 자전거를 타고 지나간 남녀가 내뱉은 한 조각 즐거움,
"날씨 좋다~!"라는 이 교수대 올가미, ― 노악처럼,
뱀의 아가리처럼 징그러운, 이놈의 아가리에 알맞은
재갈을 물리러 가자, 가자, ― 콜레라를 피해 떠나는 허파처럼!

나는 쑥쑥 올라간다. 비탄의 풍선은 터질 듯이 부풀었다.
그러나 이 마음의 현기증은 지나친 고도 때문이 아니다;
식어 빠진 돌 위에서 판화적 표정을 짓는 당까마귀들, 그리고,
고집불통 코끼리에 불도장을 찍어 대는 베짱이들 때문이다.
이와 같은 이민족이, 죽인 시체 버리듯, 나를 굴려 떨어뜨
리니,

만족에 붙잡힌 고질적 미련처럼 바닥은 끝없이 열리고,
부재의 가파른 바위 절벽을 따라, 뼈 깨지고 살 터지며
전락하면서, 내 비애의 주범, 피살된 살, 즉 나의 고독은
결국 더더욱 각이 진다. 아! 순박한 상상이 가까운 거리에서
나에게 눈짓하던, 그 보드라운 기대를, 어느덧 나는,
더는 재현할 수 없게 되었다. 또한 내 푸념의 생김새인
비웃음조차 이제는 내 표리의 떨림에, 그 가소로운,
그 습관적인 속임약도 아무 효능이 없다. ― 그래, 그렇다!
나는 사실 이미 오래전부터, 패배한 최후를 바라보는,
나의 새까맣게 타 버린 머리를, 나 자신의 허벅지 위에
살며시 올려놓고 애달피 어루만지는, 이단자로서
마지못해 받아들이고 있었다; 순진한 정신, 순진한 마음,
그것은 안에서도 밖에서도, 도시 뚫을 수 없는,
모두를 신중하게 만드는, 족쇄와 다를 바 없는 투명한 물!
그런데 아! 이 무슨 추태인가! 나 자신을 혐오하는
나 자신을 친애해 마지않는, 이 뒤엉킨 뱀의 소굴이여!
너의 까닭은 애무의 기근이냐, 비하를 통한 반항심의 과잉
이냐?

나를 흔쾌히 받아준, 그 맛난 도취의 거품을 건드리지 마라!

나는 그 거품 속에 살겠다. 아니다. 그 거품이 나 자신이다!
나는 내 긴긴 고독을 발효시키는 거품; 지옥을 미끼로 삼아
의지에 찬 인간의 믿음을 낚는 운명을 향하여,
대고 생떼거리 부리며; 존재의 세계에서 본의 아니게
분리된 모든 허상의 일원이 되어; 고독에 극도로 씻겨
허공에 둥둥 떠다니는 저주, 실재하지 않는 존경을
감히 자신에게 바치는 저주, 애증으로 행운에 목매달고,
그러면서 정신력과 의지력을 숭배하는 저주,
밟히고 꿈틀대는 저주에 걸린 채, 먹구름에 액사하고
싶지 않은 소원 하나 거느리니, 그것은 바로,
사랑의 열띤 살갗에 떨어져, 마침내 툭 터지는
빈사의 고독! 하! 이토록 인적 없는, 고뇌의 웅덩이 속에서,
나의 낭패한 오후는 냉담한 사냥꾼에 대하여
애써 고요한 부인으로 일관하며, 짓무른 추억 밑에서,
시체의 덜 닫힌 눈처럼, 죽 받아먹듯 입을 벌리고,
끊임없이 의식의 뺨을 후려쳐서, 기함하는 나 자신을
겨우겨우 추스른다. 아아, 이리도 쓸쓸하고
이리도 불안한 피로에 안겨 깨닫기를:
'나의 뒤안길은 시간의 회오리를 타고 날아오르는 먼지!'

신중히 말하자면, 나는 일찍부터 약간은 느끼고 있었다,
지대한 사랑과 지대한 경멸의 틈바구니에서 〈악인〉이
자라난다는 것을, 제 내면의 불멸에 자유를 빼앗겨,
불끈 치밀어 오른 심장은, 막심한 저항력에 맞서 싸우다
퉁퉁 붇고 피멍 든 주먹처럼, 순간순간 꿈나라의 비탄으로
박동한다는 것을. 아아, 부디, 미로의 고통에 불타는
정신으로, '공백에서 살아가는' 인간에게, 손가락들
사이에서 찰랑찰랑 춤추는 머리칼의 향기로운 허밍을!
그러나 여기는, 온갖 찌꺼기가 밤마다 양동이를 두드려서,
하얀 모래와 파란 앞바다를 향한 열망을 부추기는 살얼음판!
그래서 각침覺寢은, 날개 커다란 자조가 제 하늘을 물어뜯
는,
하이에나의 악관절처럼 튼튼한, 악몽과 악몽을 잇는 이음점.

피하라, 내 마음이여, 구몽 향해 비상하는 내 슬픈 눈을;
흑진주를 구석구석 굴리며 지혜의 향나무 숲을 가꾼 후,
결국은 불사르고, 그 재로 새 염통을 수태하는 내 취한 눈을!
그리고, 경계를 부수고 폭주하는 상상 임신을
공상가의 술로 만드는 이 압출된 마중물은,
'벌은 스스로 꿀이 못 된다!' 는 끊임없는 펌프질로,

도무지 죽일 수 없는 불씨를 부풀려 더욱더
나의 피를 말리고, 나의 발끝에서, 나의 눈앞에서,
나의 아담한 방향을 단두귀처럼, 매장충처럼 조롱한다.

아아, 극맹하게 떠밀려 환멸의 근원에 이른 이들의
누운 가슴팍에, 그들의 새로운 이름인 불명예한 숫자가
정연하게 붙여진다. 무無에 닿은 오감은 마음의 불에
버금가는 정신의 불을 우뇌右腦에 전달하지 못한다.
아아! 이 진담陳談의 결말은 수시로 나의 간에
왕소금을 치며, 나의 발걸음 하나가 나의 발걸음
둘이 되는 것을 저지하고, 심지어 나의 발걸음
하나의 기운을 빼앗아 나의 제로로 되돌린다.
애절한 그리움에 깨물린 나의 마음에, 내 몹시
미친 신경, 그 발작과도 같은, 불쑥 용솟음친 정열이
착각에 빠진 메아리처럼 스며들어, 몇몇 밤을 파헤치던
그 예스러운 시절은, 가엾게도, 제 기능을 못하는
청춘에 맡겨져, 그야말로 허무하게 사라지고 말았다.
그래서 나는 이제, 마치 영원히 굴려 올리는,
중력의 형벌을 받는 저승의 죄인처럼, 너무나 무거운
공포가 가없이 오르내리는 나의 마음에서,

마치 자자손손의 무덤에 짓눌려 묘혈이 된 무덤처럼,
망각에 움푹 파인 나 자신을 새삼 발견하고,
　　　　아! 소름이 끼친다!

맙소사! …… 맙소사! …… 맙소사!
단꿈을 꾸던 아침이 걸음걸음 뒤꿈치에 차이는데,
어느새 기괴하게 짜부라진 불가사의한 허상이라니!
자, ……건배! 제 밖에서는 일체를 써 버린 가난뱅이,
그러나 제 안에서는 아무것도 쓰지 못한, 거울 뒷면에
간힌 구두쇠; 이제 여기에 놓인, 이를테면 가벼운
전리품을, 두 손가락으로 사뭇 역겨운 듯이 집어,
영광靈光 속에 높이 쳐들어라, 순장할
추도 하나 없는, 은밀한 주검의 여광을,
하얗게 벗겨져 마비된 손의, 유달리 섬세했던
손가락 끝에 붙었던 낡고 줄진 감색된 손톱을!
유독 부질없는 곳에서 불어오는, 나를 꼭 닮은 바람이,
서글픈 대리 만족처럼 절름거리며 자꾸만 어리댄다,
"지하보다 더 무정한 지상이다!"라고 부르짖고 다니는,
괴상한 벌레에 좀먹힌 머저리, 안타깝이, 넙치처럼.
제기랄! 제기랄! 제기랄! 정말 고마워 죽겠네!

가슴의 반원을 쭈그러뜨리는 풍차의 여자여,
조종을 대신해 네가, 뒤에서 나의 골수까지 우려먹고,
대가리 몽땅 떨어진 코골이 현을 켜는,
졸한 악사가 되겠다고 벌써부터 선약해 주다니!

치욕에 얻어맞아 만취한 사람처럼 비칠비칠 걷고,
애심에 젖은 채, 일종의 병이라는 철학자의
증인 행세를 하는 인간! 타인의 마음속에서
대뜸 궁상맞은 꼬락서니를 하고, 겹겹이 녹슬어 버린,
어제 같은 그 옛날에 금장을 하는 지옥의 몽상가!
아아! 이 불안(신경)! 이 결핍(뼈)! 이 우울(피)!
이 고독(살)! 이 불행(옷)! 이 망상(기형 정신)!
제기랄! 잡소리⋯⋯! 단지 지옥의 현신現身인 나는,
이것들에 발광적으로 저항하는 한편, 동사의 '다' 같은
비극이 줄줄 흘린 선물, 변덕맞은 윙크에 속아,
하멜른의 아이처럼 무상 속으로 끌려간다.
아아, 한 모금의 젖을 주는 유방을 기다리며, 겁내는 나여!
아아, 불안과 결핍에 피를 빨리는, 꽃봉에 마비된 나여!
아아, 세상의 모든 난제를 더한 것보다 풀기 힘든 비밀,
온갖 초극을 말살하고 영원한 달에서조차 녹지 않는 고독

이여!
　향수병에 걸려 시들지 않는 상심의 꽃만 남기고,
　벌써 꽃도 잎도 몽땅 졌는데, 나는 썩어 빠진 짚으로
　겨우 삼만 원 치의 내 거적때기를 짜면서, 아직도 8분에 속
는다.
　칼에 찔린 생일! 그러나, 인생을 털어 예지의 고통을 창조
할 수는 없다;
　고름 섞인 피를 팔아 사산아의 옥식을 사지는 않겠다!
　― 오! 저 껍질 없는 한 맺힌 송장, 지상에서 무無를
몰착한 해골을 보라. 그것은 생전에 가시밭길을
핥았던 절규에 목메어, 절규의 마침표를 찍는다.
　"나를 짓밟고 있는 역겨운 송가를 당장 치워라!
그것은 너희의 넘치는 숨결을 으스대며,
멋대로 긁어먹는 이기적인 오락이다!"
　그리고 그것, 그것은 더욱, 지금 더더욱 혐오한다,
자신을 타파하고 자멸하여 미래의 혜안을 깨운,
차일 때마다 꿀맛 주는 돼지 오줌보를!

혹시 나는, 이미 열망 그 자체를 열망하는가?
내 의지가 내 마음에 돋아난 혓바닥, 말썽의 생체를

구성하려는, 헛된 구절을 제멋대로 불러내는 헛바닥,
그 망할 놈을 마름병 걸린 파 뽑듯 뽑아 버려도,
그 불사의 혓바닥은 훌쩍 뛰어올라 내 왼쪽 적굴에 파고든다.
그리고 입속을 뜨겁게 휘젓는 키스처럼 속삭인다.

불행한 인간이여, 비참한 인간이여,
너는 평범한 것에 도저히 닿지 못하여,
그래서 그것에 도저히 만족하지 못하는,
운명에 대한 거대한 복수심 때문에
그것을 병적으로 갈망한다.
어리석은 인간! 어서 가짜 만족에 만족하라.
진짜 만족은 상상이 끝나는 곳에 있다.
그리고 거인인 동시에 난쟁이,
고독은 굽어보는 까닭에 올려보게 되는
모순의 살인적인 병이다.
아아! 인생은 생명적 모순의 승리!
그러나 저주 받은 사색가의 정신은,
그것을 인정하지만, 끝끝내 투항하지는 못하네!

내 탄생과 내 죽음 사이에서 끊임없이 요동치는 슬픔에

무수히 부딪쳐 가슴 박살난 끝에, 나는 마침내 부둥켜안는다.
어둠의 가장 깊은 곳에 매달린 귀먹은 박쥐 한 마리,
망향에 끌려가는 늙고 병든 포로처럼 창백한 직선,
이름 없는 비석 밑에서 뿌리 빼는 망자의 부스러진 기억,
지옥의 늪에서 내면으로 몸부림치는 거대한 미루나무 87.

　　아아!
　나는 나의 모든 지옥을 짊어지고,
　이 깜깜하게 얼어붙은 수실에서,
　사치인 그것, 감사 — 감사히 살아야만 한다!
　　부디!

　　　부디!

　　　부디……!